Luigi Pirandello

L'innesto

<h2 align="center">Personaggi:</h2>

Laura Banti, *moglie di*

Giorgio Banti

La Signora Francesca Betti, *madre di* Laura *e di*

Giulietta

L'Avvocato Arturo Nelli

La Signora Nelli

Il Dottor Romeri

Il Delegato

La Zena, *contadina*

Filippo, *vecchio giardiniere*

Un Cameriere, una Cameriera, il Portiere, due Guardie che non parlano

Il primo atto a Roma

Il secondo e il terzo in una villa a Monteporzio.

Oggi.

<h2 align="center">ATTO PRIMO</h2>

Salotto elegantemente mobiliato in casa Banti. Uscio comune in fondo, e laterali a destra e a sinistra (dell'attore).

<h3 align="center">SCENA PRIMA</h3>

La Signora Nelli, la Signora Francesca, e Giulietta.

Al levarsi della tela la signora Nelli, in visita, attende, sfogliando in piedi presso un tavolinetto una rivista illustrata. Entrano poco dopo dall'uscio a sinistra, anch'esse col cappello in capo, la signora Francesca e Giulietta.

Francesca (*vecchia provinciale arricchita, troppo stretta in un abito troppo elegante, che contrasta con l'aria un po' goffa e il modo di parlare. Non è sciocca; piuttosto un po' sguaiata*): Cara signora mia!

SignoraNelli (*elegante, ma già sciupata, con qualche velleità di tenersi ancor su, in un mondo che non è più per lei*): Oh! la Signora Francesca! Giulietta!

(Scambio di saluti).

Francesca: Vede? Qua anche noi, ad aspettare.

SignoraNelli: Già; ho saputo.

Francesca: Sarà un'ora. No, più, più, che dico? Saranno almeno due ore!

Giulietta (*molto fine, atteggiamento stanco, con qualche affettazione di superiorità*): È veramente strano, creda. Sto in pensiero.

SignoraNelli: Perché? Manca forse da troppo tempo?

Giulietta: Ma sì! Da questa mattina, alle sei; si figuri!

SignoraNelli: Uh! Alle sei? Laura è uscita di casa alle sei?

Francesca (*a Giulietta, risentita*): Se dici così «alle sei», chi sa che cosa puoi far credere, Dio mio! Bisogna dire che è uscita con la co... con la cosa...

Giulietta (piano, seccata, suggerendo): Con la scatola.

Francesca: Ecco, già! dei colori.

SignoraNelli: Ah brava! Ha ripreso dunque a dipingere, Laura?

Francesca: Sissignora. Da tre giorni. Va in campagna - cioè, non so, in un bosco...

Giulietta: Ma che bosco! A Villa Giulia, mammà!

Francesca: Io ho vissuto sempre a Napoli, signora mia. Di queste ville di qua, poco m'intendo.

Giulietta: Già! Ma jeri e l'altro jeri, capisce? alle undici al massimo è stata di ritorno. Ora, a momenti è sera, e...

Signora Nelli: Avrà voluto forse finire il suo bozzetto!

Francesca: Ecco, benissimo.

A Giulietta:

Vedi? quello che penso io.

SignoraNelli: Ma sarà certo così! Se è uscita con la scatola dei

colori, non c'è da stare in pensiero. Si spiega.

Giulietta: No, ecco, per questo non si spiegherebbe, scusi. Chi esce da tre giorni quasi all'alba, vuol dire che s'è proposto di ritrarre... non so, certi effetti di prima luce che, avanzando il giorno, non si possono più avere.

SignoraNelli: Ah, è pittrice anche la Giulietta?

Giulietta: No, che pittrice, per carità!

Francesca: Non dia retta; se n'intende anche lei. Ah, quella che è istruzione, signora mia, m'è piaciuta assai, a me, sempre! Non l'ho potuta avere io; ma le mie figliuole, per grazia di Dio, i meglio professori! Francese, inglese, la musica... E Laura, che ci aveva la disposizione, anche la pittura, col professor Dalbuono, che lei lo sa, rinomatissimo! Giulietta non la volle studiare, ma -

Signora Nelli (*compiendo la frase*): - stando accanto alla sorella -

Francesca: - ecco, già!

A Giulietta, che s'allontana, scrollando le spalle urtata:

Che cos'è?

Signora Nelli (*fingendo di non capire la mortificazione della ragazza per la goffaggine della mamma*): Via, signorina, non stia così in pensiero! Lei dice bene; ma scusi non potrebbe essere venuto in mente a Laura di cominciare lì per lì qualche altro studio?

Giulietta (*freddamente, concedendo per cortesia*): È probabile, sì.

Signora Nelli: Se ha ripreso a dipingere coll'antico fervore...

Giulietta: No, che! Non ha più nessun fervore, Laura.

Francesca: Ma quando si prende marito, sfido! Queste sono cose, come si dice? adorni, ecco, adorni, signora mia, per le ragazze. Non le pare? Però mio genero li vuole, sa! Bisogna dire la verità! La spinge lui, mio genero.

Signora Nelli: E fa bene! Ah, certo. Fa benissimo. Sarebbe un vero peccato che Laura, dopo tante belle prove...

Giulietta: Non lo fa mica per questo, mio cognato. Forse, se Laura vedesse in suo marito una certa passione per la sua arte... Ma sa che la spinge a riprendere la tavolozza, come la spingerebbe... che so? a qualunque altra occupazione...

Francesca: E ti par male? Bisogna pur darsi un'occupazione. Signora mia, quando si è cresciute, come le mie due figliuole, negli agi... Sa qual è il vero guajo qua? Che mancano i figliuoli!

Signora Nelli: Ah! per carità, signora, non li chiami! Se sapesse quanto invidio Laura, io! Ha sposato due anni prima di me, Laura: sono già sette anni, è vero? E io, in cinque, già tre...

Francesca: Eh! ma scusi! ma perché lei, volendola dire, si vede che ci s'è buttata proprio a corpo perduto!

Signora Nelli (*ridendo, con finto orrore*): No! Che! Povera me! Sono venuti...

Francesca: Io dico uno! Uno, almeno, creda ci vuole!

Signora Nelli: Mi sembra che vivano così bene d'accordo Laura e suo marito...

Francesca: Ah, sì, per questo...

Si china verso la signora Nelli e le confida piano all'orecchio:

Troppo anzi, signora mia! troppo! troppo!

Signora Nelli (*piano, restando, ma un po' anche sorridente*): Come, troppo?

Francesca: Ma sì, perché... sa com'è? nei primi tempi, quando marito e moglie, giovani, si vogliono bene, se s'affaccia il pensiero d'un figliuolo, l'uomo specialmente si... si...

Fa un gesto espressivo con te mani, contraendo le dita davanti al petto e tirandosi indietro col busto, come per dire: si arruffa

mi spiego? perché teme di non poter più avere tutta per sé la mogliettina.

SignoraNelli: Eh! lo so... Poi passa un anno, ne passano due, tre... Lo desidera dunque il signor Banti, il figliuolo?

Francesca: No, Laura! Lo desidera Laura! Tanto! Giorgio dice che lo desidera per lei.

Giulietta: E naturalmente, allora, Laura, lo desidera per sé!

Francesca: Ma che dici? Perché dici così? Vuoi far credere alla signora qua, che Laura non sia contenta di suo marito?

Giulietta: Ma no, mammà! Io non ho detto questo. Quando passano, non tre, ma cinque, ma sette anni!

Francesca: Tu non capisci niente! La donna, signora mia, dopo tanti anni, se non si hanno figliuoli, sa che cosa fa? Si guasta. Glielo dico io! E anche l'uomo si guasta. Si guastano tutti e due. Per forza!

Accenna a Giulietta.

Non posso parlare. Ma è proprio tutto il contrario di quello che immagina questa ragazza. Perché l'uomo perde l'idea di vedere domani nella propria moglie la madre, e... e... e... con lei mi sono spiegata, è vero?

SignoraNelli: Sì, capisco, capisco.

Francesca: Queste benedette ragazze! Chi sa come sognano la vita!

Giulietta: Oh! Dio mio, mammà! Sai bene che non sogno affatto, io!

Francesca: Già, non sogna, lei! E credi che sia bello non sognare? Non le posso soffrire, signora mia, queste ragazze d'oggi, con tutta quest'aria così... così...

SignoraNelli (*suggerendo con un sorriso*): "Fanée".

Francesca: Come ha detto?

SignoraNelli: "Fanée".

Francesca: Già, così!

Giulietta (*con dispetto*): È la moda.

Francesca: Io non so il francese, ma so che codesta moda non mi piace per nientissimo affatto.

SCENA SECONDA

Dette e Cameriera.

Cameriera (*accorrendo in grande agitazione dall'uscio comune*): Signora! Signora!

Francesca: Che cosa è?

Cameriera: Oh Dio! La signora Laura! Venga! venga!

Francesca: Mia figlia? (*Balza in piedi*).

SignoraNelli (*alzandosi anche lei*): Oh Dio, che è stato?

Cameriera: La portano su, ferita!

Francesca: Ferita? Come! Laura?

Giulietta (con un grido, accorrendo per l'uscio in fondo): Lo dicevo io!

Francesca (accorrendo anche lei): Figlia mia! Figlia!

SCENA TERZA

Dette, Laura, il delegato, il cameriere, il portiere, due guardie.

Laura, sostenuta dal Delegato e dal cameriere, si presenta sulla soglia, cascante, come disfatta, con gli abiti e i capelli in disordine. Nel pallore cadaverico, le fa sangue il labbro. Ha, lungo il collo, aspri, sanguinosi strappi. Il portiere reca in mano il cappello della signora, la scatola dei colori. Le due guardie si tengono presso l'uscio.

Francesca (*che s'è lanciata per accorrere con le altre, dapprima indietreggia spaventata, all'apparizione della figlia in quello stato; poi con un grido, andandole incontro*): Ah! Laura! Che t'hanno fatto? Laura mia!

Laura (*buttandosi al collo della madre, in preda a un convulso crescente, di ribrezzo e di disperazione*): Mamma... mamma... mamma...

Francesca: Sei ferita? Dove? Dove?

Giulietta (*cercando d'abbracciare anche lei la sorella*): Laura! Laura mia! Che hai? che hai?

SignoraNelli: Ma come è stato? chi è stato?

Francesca: Chi t'ha ferita? Figlia! figlia mia! Dove sei ferita?

Giulietta (*portando una seggiola e gridando*): Qua, mammà...

Francesca: Dove? dove?

Giulietta: No, dico, falla sedere! Vedi? non si regge.

Francesca: Ah sì, siedi, figlia, siedi... Ma chi è stato l'assassino? Chi...

Non può seguitare a parlare, perché Laura, cascando a sedere senza staccarsi dal collo di lei, la obbliga a piegarsi.

Giulietta: Chi è stato?

Al Delegato, forte:

Lo dica lei, chi è stato?

Il Delegato (*con imbarazzo, guardando la signora Nelli, come per farsi intendere*): La... la signora è stata vittima d'una... di una... aggressione, ecco.

SignoraNelli (*con un grido soffocato*): Ah!

Giulietta (*inginocchiandosi e facendo per cingere con le braccia la sorella*): Oh, Laura... di,' di'... come?

Laura (*staccando le braccia dal collo della madre e respingendo per impulso istintivo, ma pur con angoscioso affetto, la sorella*): No... tu no, Giulietta... Va', tu... va'... va'...

Giulietta (*a sedere sui ginocchi, tirandosi indietro, smarrita*): Perché?

Francesca (*intuendo, alzando le mani e sbarrando gli occhi*): Questo?... - Ah Dio mio!... - Questo?

Alla signora Nelli, facendole cenno di condurre di là Giulietta:

Signora...

Poi, chinandosi su Laura:

Ma come? Figlia mia...

Di nuovo, alla signora Nelli:

Signora, per carità...

SignoraNelli (*a Giulietta*): Venga... venga, cara. Andiamo di là...

Giulietta: Ma perché?

Poi guarda il Delegato; capisce che deve andare; scoppia in singhiozzi su la spalla della signora Nelli che la conduce via per l'uscio in fondo.

Laura (*mostrando il collo alla madre*): Guarda... guarda...

Francesca: Ma chi è stato? Chi?

Laura (*non può parlare; il convulso è giunto al colmo; tre volte, fra il tremore spaventoso di tutto il corpo, storcendosi le mani per l'onta, per lo schifo, grida quasi a scatti*): Un bruto... un bruto... un bruto...

E rompe in un pianto che pare un nitrito, balzante dalle viscere contratte.

Francesca: Figlia mia!

Si precipita su lei, e sentendola mancare, la solleva con l'ajuto della cameriera.

Portiamola di là!

Poi, conducendola verso l'uscio a sinistra:

Un medico, presto! Il dottor Romeri!

Il cameriere: È già avvertito, signora.

Il portiere: L'ho chiamato al telefono...

Francesca, Laura, la cameriera via per l'uscio a sinistra.

SCENA QUARTA

DETTI, il dottor ROMERI, poi GIORGIO BANTI, ARTURO NELLI, la SIGNORA NELLI.

Il cameriere (*al Delegato*): L'hanno preso?

Il Delegato non risponde; apre le braccia.

Il portiere: Ma dove è stato?

Entra dall'uscio in fondo in fretta il dottor Romeri.

Il cameriere: Ah, ecco qua il signor dottore.

Romeri: Dov'è? dov'è?

Il cameriere: Ecco, di qua, signore dottore, venga!

Indica l'uscio a sinistra. Si odono intanto dall'interno le voci di Giorgio Banti e di Arturo Nelli che chiamano: — Dottore... Dottore... —. Il dottor Romeri si ferma: si volta. Sopraggiungono Giorgio Banti, pallido, scontraffatto; l'avvocato Nelli, la signora Nelli.

Giorgio: È ferita? È ferita?

Romeri: Sto arrivando adesso, io.

Giorgio: Venga, venga!

Corre per l'uscio a sinistra, seguito dal dottor Romeri.

SCENA QUINTA

DETTI, meno GIORGIO e ROMERI.

Signora Nelli (*al Delegato*): Ma com'è stato?

Nelli (*al cameriere, al portiere*): Andate, andate di là, voi! Signor Delegato, queste guardie...

Il Delegato (*alle guardie*): Potete ritirarvi.

(Le due guardie salutano e vanno via col cameriere c col portiere).

SCENA SESTA

NELLI, la SIGNORA NELLI, il DELEGATO.

Nelli: Un'aggressione?

Il Delegato: Già. A Villa Giulia, pare.

SignoraNelli: Vi s'era recata a dipingere.

Il Delegato. Io non so bene ancora. Sono stato incaricato delle prime indagini.

SignoraNelli: Vi andava da tre giorni.

Nelli: Sempre allo stesso posto?

SignoraNelli: Pare! L'ha detto Giulietta. Ogni mattina, alle sei.

Nelli: Ma come mai? sola?

Il Delegato: Un guardiano della villa la trovò per terra -

SignoraNelli: - svenuta? -

Il Delegato: - dice che non dava segni di vita. Pare che abbia sentito prima i gridi della signora.

SignoraNelli: Ma come? E non è accorso?

Il Delegato: Dice ch'era troppo lontano. La villa è sempre deserta.

Nelli: Ma che pazzia! Andar così sola!

SignoraNelli: Ecco là la scatola dei colori...

> *Gli altri due si voltano e restano con lei a guardare quella scatola con quell'impressione che si prova davanti a un oggetto che è stato testimonio d'un dramma recente.*

 Il Delegato: Già, e il cappello...

> *Pausa.*

 Furono trovati dal guardiano a molta distanza dal posto dove la signora giaceva.

Nelli: Ah! Ma, dunque...

Il Delegato: Evidentemente la signora avrà tentato di fuggire.

SignoraNelli: Inseguita?

Il Delegato: Non so! Una cosa incredibile! Fu trovata riversa tra le spine d'una siepe di rovi.

SignoraNelli (*stringendosi in sé, per orrore*) Ah! forse voleva saltare...

Il Delegato: Forse. Ma ghermita lì...

SignoraNelli: Era tutta strappata! Il collo, la bocca... Una pietà!

Nelli (*tentennando il capo, con amara irrisione*): Tra le spine...

Il Delegato: Un villanzone. Pare che lo abbia visto, il guardiano.

Nelli (*con ansia*): Ah sì?

Il Delegato: Sissignore. Buttarsi di là dalla siepe. Un villanzone, un giovinastro. Ma invece d'inseguirlo, come avrebbe dovuto, pensò di soccorrere la signora, e...

> *S'interrompe, voltandosi verso l'uscio a sinistra, donde vengono voci concitate.*

SCENA SETTIMA

Detti, Giorgio, il dottor Romeri, Francesca, poi Giulietta.

Romeri (*dall'interno*): E io le dico di no! Scusi! La prego...

Francesca (*dall'interno*): Per carità, Giorgio! per carità!

Giorgio (*venendo fuori dall'uscio a sinistra, sconvolto, tra i singhiozzi, ad altissima voce*): Ma io ho pur diritto di sapere! Debbo, voglio sapere!

Romeri (*forte anche lui*): Saprà, perdio, ma a suo tempo!

Giorgio: No: ora! ora!

Romeri: Io le dico che per ora lei non solo non deve farla parlare, ma neppur farsi vedere!

Agli altri:

Lo tengano qua!

Ritorna indietro per l'uscio a sinistra.

Nelli: Vieni, Giorgio...

E come Giorgio, convulso, gli appoggia il capo e le mani sul petto, rompendo in pianto.

Povero amico! povero amico mio...

Francesca (*alla signora Nelli*): La prego, signora, mi faccia la grazia d'accompagnarmi a casa la Giulietta!

SignoraNelli: Sì, signora, non dubiti! Vuole subito?

Francesca: Sì, per carità! Le dica che io resto ancora qua... finché posso... Dio mio, è già sera, e bisogna che attenda a quel poverino di mio marito... lei sa in quale stato!

SignoraNelli: Eh lo so... Se potessi io...

Francesca: No, ché! la ringrazio. Non si lascia toccare da nessuno... Ma eccola là, Giulietta...

Giulietta si mostra piangente all'uscio di fondo. Francesca chiamandola con la mano:

Tu andrai via con la signora. Io verrò appena mi sarà possibile.

Giulietta: Ma Laura?

Francesca: Laura è di là!

Giulietta: E non posso neanche vederla?

Francesca: Che vuoi vedere! Bisogna che stia tranquilla per ora. Va', va' da quel poverino di tuo padre... Ma non dirgli nulla, per carità!

Giulietta: Ma... ma che cos è che cos'è?

Francesca: Non è niente! non è niente! Signora, se la porti via.

SignoraNelli: Sì. Andiamo, signorina.

Giulietta (*risolutamente, avvicinandosi al cognato*): Giorgio, me lo dici tu che non è niente?

Giorgio: Io?

Giulietta: Lo voglio sapere da te!

Giorgio: Io... che vuoi che ti dica io? Io non so... non so...

Francesca: Ma vai, santa figliuola! Mi fai stare qua... Va', va' con la signora!

Via per l'uscio a sinistra.

Signora Nelli (*conducendosi via Giulietta*): Andiamo, cara, andiamo.

Via per l'uscio in fondo con Giulietta.

SCENA OTTAVA

Nelli, Giorgio, il Delegato.

Giorgio (*al Delegato, investendolo*): Che sa lei? Mi dica, che sa? Bisogna averlo, darlo, darlo in mano a me, subito! Perché, per un delitto come questo, se lo prendono...

A Nelli:

di' tu... quanto?... due, tre anni di carcere, è vero?

Al Delegato:

Mentre io ho il diritto d'ucciderlo! Lo sa lei?

Il Delegato: Io non so nulla, signore. Sono qua per le indagini.

Nelli: Ma se non c'è nulla da sapere!

Giorgio: Come non c'è nulla da sapere?

Nelli: Nulla, nulla da sapere! nulla da indagare! Basta così, perdio!

Giorgio: Come basta?

Nelli. Ma sì! Ti dico che basta! La signora ha patito un'aggressione in una villa; il ladro...

Giorgio: Il ladro?

Nelli: Ma sì, il ladro... un miserabile qualunque, non s'è potuto rintracciare: e basta: finisce tutto così! Che c'è da far chiasso ancora?

Giorgio: Ah no, caro mio! T'inganni!

Il Delegato: Io ho avuto un ordine. Il reato è d'ordine pubblico.

Nelli: Vuol dire che mi recherò io in pretura, o passerò dal Commissario. Lei se ne può andare: dia ascolto a me!

Giorgio: No! no! E io? Finisce per gli altri così! Ma io?

Nelli: Tu? Che vorresti fare? Ti figuri che, se pure lo prendono, te lo daranno in mano, perché tu l'uccida? Baje! E allora? L'hai detto tu stesso. Sissignori, per un delitto che tu, offeso, potresti punire con la morte e non avresti un giorno di pena, la legge non dà che due o tre anni di carcere! Vuoi questo? E lo scandalo di un dibattimento? La pubblicazione della sentenza sui giornali? Ma via!

Al Delegato:

Vada, vada, signor Delegato.

Il Delegato: Io per me, tanto più che il medico ha detto di non farla parlare per ora, posso ritirarmi.

Nelli: Sì, sì; non dubiti, passerò io dal Commissario.

Il Delegato: Riverisco.

Il Delegato s'inchina e via per l'uscio in fondo.

SCENA NONA

GIORGIO e NELLI.

Nelli: È un destino, perdio! A un bisogno, questa gente manca sempre! S'ostina poi a restarti tra i piedi dove è superflua e non serve ormai che a far più danno!

Giorgio: Ma che m'importa degli altri! Che vuoi che me ne importi?

Nelli: Oggi; lo so. Ma vedrai che te ne importerà domani.

Giorgio: Prima di tutto, è inutile, perché ormai sanno tutti: qua, là dove l'hanno vista e raccolta... Ma quand'anche nessuno sapesse, se lo so io, non capisci che per me è finito tutto?

Nelli: Io capisco, Giorgio, l'orrore che tu devi provare in questo momento. Ma bisogna che tu lo vinca con la compassione che deve ispirarti quella poverina!

Giorgio: Tu parli a me di compassione?

Nelli: Non vorresti averne?

Giorgio: Io sono il marito! Potete averla voi, la compassione, e chiunque sappia di questo scempio. Ma sono io, io solo, veramente in presenza dell'orrore di questo scempio, che non è stato fatto a lei sola, ma anche a me! E in nessun altro, più che in me - neppure in lei - può essere più vivo e più atroce, questo orrore!

Nelli: Sì, sì, t'intendo, Giorgio, t'intendo! È crudele, sì. Ma che vorresti fare?

Giorgio: Non lo so... non lo so... Impazzisco... Compassione, tu dici? Sai quale sarebbe la compassione "vera" in questo momento per me? Che mi recassi là, sul letto di lei e "per questo stesso amore" la uccidessi, innocente.

Nelli: Ma è irragionevole, scusa!

Giorgio: Vuoi che ragioni?

Nelli: Devi pur ragionare!

Giorgio: Lo so, lo so: tu devi dirmi così, lo so! Ma se il caso fosse capitato a te? Ragioneresti tu?

Nelli: Ma sì, che ragionerei! Se qui non c'è colpa, scusa!

Giorgio: E appunto questa è per me la crudeltà! Che ci sia l'offesa più brutale, senza esserci la colpa! Per me è peggio! Peggio, sì! Ci fosse la colpa, sarebbe offeso l'onore; potrei vendicarmi! È offeso invece l'amore! E non intendi che niente è più crudele per il mio amore, che quest'obbligo che gli è fatto, di avere pietà?

Nelli: Ma il tuo amore appunto, scusa, dovrebbe ispirare a te stesso la compassione!

Giorgio: Impossibile! L'amore, no!

Nelli: Ma sarebbe allora più crudele -

Giorgio (*interrompendo*): - più crudele, sì! -

Nelli (*seguitando*): - di ciò che quella poverina ha patito! -

Giorgio: - sì, sì! È proprio così! Il non aver compassione sarebbe crudele per lei; ma averne, è crudele per me! E quanto più tu ragioni, e quanto più io riconosco che sono giuste le tue ragioni, tanto più cresce la crudeltà per me! Debbo ragionare, già! Riconoscere che non c'è colpa; che lei è stata offesa più di me, nel suo stesso corpo e che è là che soffre della violenza, dell'onta, del ludibrio... E io che voglio? Che pretendo io? Rincarar la dose della crudeltà su lei? lasciarla così in quest'onta? disprezzarla? -

Nelli: - sarebbe ingeneroso! -

Giorgio: - sarebbe vile! -

Nelli: - vedi? Lo riconosci! -

Giorgio: - vile, sì, vile! Ma se si rivela così vile l'amore quando si trova, come mi trovo io adesso, qua, al limite della sua più viva gelosia, che posso farci io? che posso farci?

Rompe in disperati singhiozzi.

Nelli: Via, via, Giorgio... Tu ti strazii inutilmente... È il primo momento, credi...

Giorgio: No! È la selva! È ancora la selva! È sempre la selva originaria! Ma prima almeno c'era l'orrore sacro di quel mostruoso originario, nella natura, nel bruto... Ora, una villa coi suoi viali e le siepi e i sedili... Una signora in cappellino, che vi sta a dipingere, seduta... Ed ecco il bruto... Ma vestito, oh! Decente. Mi par di vederlo! Chi sa se non aveva i guanti! Ma no: l'ha tutta sgraffiata! Non senti quanto è più laido? quanto è più vile? E io che devo esser generoso; mentre qua il sentimento mi rugge come una belva... Generoso.

Subito, troncando lo scherno:

No, no. Sento che non posso. Non posso. Ho bisogno d'andarmene. Parto. Me ne vado.

Nelli: Ma come? ma dove? che dici! Vorresti davvero lasciarla così?

Giorgio: Sarei più crudele, restando.

Nelli: Ma che vuoi fare? dove vuoi andare?

Giorgio: Ho bisogno di disperdere, fuggendo come un pazzo, quello che ora provo per questa ignominia!

SCENA DECIMA

Detti, la Signora Francesca, il dottor Romeri.

Francesca (*accorrendo ansiosa, seguita dal dottor Romeri, dall'uscio a sinistra*): Giorgio... Giorgio...

Raffrenando a un tratto l'ansia alla vista della sovreccitazione del genero:

Che cos'è?... Ah, figliuolo mio... sì... povero figliuolo mio... sì... sì...

Giorgio: Per carità non mi s'accosti! non mi dica nulla!

Romeri: Signora, dia ascolto a me... Vede?

Giorgio: Lei comprende, dottore?

Romeri: Ma sì: comprendo che lei in questo momento...

Francesca: Ma se lo chiama di là! Se non fa altro che chieder di lui!

Giorgio (*con orrore, ritraendosi*): Non posso... ah, non posso, non posso, non posso.

Romeri: Vede? Le farebbe più male, signora: creda a me! Ha bisogno anche lui d'aspettare un po'...

Giorgio: Che vuole che aspetti più, io!

Romeri: Eh, un po' di tempo...

Giorgio (*con scherno*): E la rassegnazione?

Francesca: Perché, la rassegnazione? Ma dunque, tu...

Nelli: Lasci, signora! Bisogna considerare anche lui...

Francesca: Sì, figliuolo mio, io ti considero, e come! Ma l'unico rimedio a quello che soffrite -

Giorgio: - è la pietà! Anche lei! Ma tutti, si sa! La pietà! -

Francesca: - l'uno dell'altra, sì, subito. Così l'intendo io, che sono una povera ignorante! Non la rassegnazione a un male che non c'è!

Giorgio: Come non c'è?

Francesca: Non c'è! non c'è! E lo deve dire il vostro amore che non c'è! Se tu ami davvero la mia figliuola! Se no chi ami tu? Che ami? Non è vero? Dica lei, signor dottore! Via, avvocato!

Giorgio (*prorompendo di nuovo in pianto, stringendosi in sé, con le mani premute sul volto*): Io l'amavo... io l'amavo... tanto, tanto... Ma appunto perché l'amavo tanto. Voi non capite! Può essere per quella che amavo, la pietà! Ma non più, ora...

Francesca: Non l'ami più, ora? E perché?

Giorgio: Ma se volete che ne abbia pietà! Quale pietà? Quale? La vostra, la mia, possono ajutarmi? Io ho bisogno d'essere crudele! Lei crede perché non amo sua figlia? No, sa! Appunto perché l'amo!

Francesca: Non è vero! Non è vero! Tu non ami lei così!

Giorgio: Ma vuole che il mio amore sia come il suo? Il fatto è forse per lei quello stesso che è per me? Quello che sento io non può sentirlo lei!

Francesca: Va bene! Ma come, come vorresti essere crudele?

Giorgio: Come? L'ho detto come! E se lei di là sentisse quello che sento io dovrebbe esserne contenta.

Francesca: Ma lei di là ti chiama! Che pensi di fare?

Giorgio: Non penso nulla! Ma bisogna che me ne vada, che me ne vada!

Francesca: E vuoi abbandonarla così?

Romeri: Ma sì, è meglio, signora! Lo lasci andare!

Francesca: Ma può restar sola, così, di là, se sa che lui se n'è andato?

Romeri: Rimanga qua lei.

Nelli: Ecco... sarebbe opportuno...

Francesca: E chi glielo dirà? Tu che hai il cuore di farlo, dovresti anche avere il cuore di dirglielo!

Giorgio (*risolutamente*): Vuole che glielo dica io?

Romeri: No, per carità, signora!

Francesca: Ma dunque lei capisce che può morirne, la mia figliuola, a vedersi abbandonata così, in questo momento, da colui che dovrebbe starle più vicino, se avesse un po' di cuore?

Romeri: No, no, non è questo, signora!

Nelli: Se non riesce a vincere se stesso in questo primo momento...

Giorgio: Per me è finita! È finita! Sento che per me è finita! Posso avere la pietà di restare. Ma come resto? Non lo capite? Per gli altri, ecco! Resto. Ma sarà peggio.

Nelli: No, no! Vedrai, Giorgio...

Giorgio: Che vuoi che veda!

Nelli: Vedrai... Non voglio dirti nulla, perché capisco che ogni parola è per te una ferita in questo momento. Senta, signora: lei ha da badare a suo marito? Vada.

Francesca: Ma come?

Nelli: Vada; dia ascolto a me, e stia tranquilla. Giorgio rimane.

Giorgio: Per gli altri! per gli altri!

Nelli: Va bene, sì, per gli altri!

Alla signora Francesca, facendole segni e occhiate di intelligenza per significarle che è meglio che marito e moglie restino soli.

Ora andrà a rivestirsi, e passerà la sera con me.

Francesca: E Laura?

Romeri: La signora ha bisogno di esser lasciata tranquilla. Vada lei a dirle che ho obbligato io il signor Banti a tenersi lontano.

Francesca: Ma sola, impazzirà!

Romeri: No, signora. Vedrà che riposerà col rimedio che le ho dato per calmare l'agitazione. Forse a quest'ora riposa. Vada, vada a vedere.

Francesca: Ecco, sì, vado, vado...

Francesca via per l'uscio a sinistra.

SCENA UNDICESIMA

Detti, meno Francesca.

Romeri: E vado via anch'io.

Appressandosi e stringendo le mani a Giorgio.

Mi raccomando. Bisogna sempre esser più forti della sciagura che ci colpisce.

Giorgio: Questa è peggiore per me d'una morte. Ma se l'immagina, dottore, lei ancora viva, domani, davanti a me?

SCENA DODICESIMA

Detti e Francesca.

Francesca (*sopravvenendo lieta dall'uscio a sinistra, col cappello di nuovo in capo*): Sì, sì, riposa, riposa veramente.

Romeri: Gliel'ho detto, io?

Francesca: E allora vado, sì! Non posso farne a meno. Sarò qui domattina.

Si appressa a Giorgio.

Addio, Giorgio. E... non ti dico... non ti dico nulla, figliuolo mio...

Giorgio: A rivederla.

Nelli: Vengo anch'io Con lei, signora.

A Giorgio:

Vuoi che passi a riprenderti?

Giorgio: No, no... Passerò io, se mai, da te.

Nelli: Quando vuoi. Sono a casa. A rivederci.

Alla signora Francesca e al dottore:

Andiamo, andiamo...

Via con gli altri due per l'uscio in fondo.

SCENA TREDICESIMA

GIORGIO solo, poi il CAMERIERE, in fine LAURA.

Giorgio (*rimane un pezzo assorto nella sua sciagura, esprimendo con la contrazione del volto i sentimenti in contrasto. Poi sorge in piedi, si passa le mani sulla fronte, si volta verso l'uscio a sinistra e ripete*): Non posso... non posso...

Suona il campanello elettrico e compare il cameriere.

Di' ad Antonio che tenga pronta la macchina. Andremo in villa.

Il cameriere: Il signore... solo?

Giorgio: Solo, sì, subito. Tu preparami intanto la valigia.

Il cameriere, via. Giorgio fa per ritirarsi, quando Laura appare sull'uscio a sinistra, pallida, in una vestaglia violacea, con un velo nero al collo. Giorgio, appena la vede, leva le mani come a parare la pietà che gli ispira, e ha in gola un lamento, che è come un ruglio breve, cupo; d'esasperazione e di spasimo. Laura lo guarda e gli s'appressa, lenta, senza dir nulla, ma esprimendo col volto il bisogno, che ha di lui, di stringersi a lui; e nel suo avanzarsi, la certezza che egli non fuggirà. Giorgio, come se la vede vicina, rompe in un pianto convulso e cecamente, in quel pianto, la abbraccia. Ella non muove un braccio: ma è lì, sua. Solo alza il volto come in uno stiramento di tragica aspettazione, che egli cancelli comunque, con la morte o con l'amore, l'onta che la uccide. E come egli, preso già dall'ebbrezza della persona di lei, sempre singhiozzando, le cerca con la bocca le ferite nel collo ancora proteso, piega la guancia appassionatamente sul capo di lui, con gli occhi chiusi.

Tela

ATTO SECONDO

Spiazzo innanzi alla villa Banti a Monteporzio. La villa si erge a sinistra, con vestibolo a loggiato. In fondo, e a destra, è tutto alberato. Autunno.

SCENA PRIMA

LAURA e il GIARDINIERE FILIPPO.

(Laura è su una sedia a sdraio, pallida, un po' molle d'un languore ardente d'inesausta passione; presta ascolto con interesse e, insieme, con un certo turbamento che vorrebbe dissimulare, a ciò che le dice il vecchio giardiniere, il quale le sta presso, in piedi, con un sacchetto a tracolla, un fascetto di ramoscelli sotto il braccio e l'innestatoio in mano).

Filippo: Eh, ma l'arte ci vuole! Se non ci hai l'arte, signora, tu vai per dar vita a una pianta, e la pianta ti muore.

Laura: Perché può anche morirne, la pianta?

Filippo: E come! Si sa! Tu tagli - a croce, mettiamo - a forca - a zeppa - a zampogna - c'è tanti modi d'innestare! - applichi la buccia o la gemma, cacci dentro uno di questi talli qua;

mostra uno dei ramoscelli che tiene sotto il braccio

leghi bene; impiastri o impeci - a seconda -; credi d'aver fatto l'innesto; aspetti... - che aspetti? hai ucciso la pianta. - Ci vuol l'arte, ci vuole! Ah, forse perché è l'opera d'un villano? d'un villano che, Dio liberi, se con la sua manaccia ti tocca, ti fa male? Ma questa manaccia... Ecco qua.

Va a prendere un grosso vaso da cui sorge una pianta frondosa, e la reca presso Laura.

Qua c'è una pianta. Tu la guardi: è bella, sì; te la godi, ma per vista soltanto: frutto non te ne dà! Vengo io, villano, con le mie manacce; ed ecco, vedi?

Comincia a sfrondarla, per fare l'innesto; parla e agisce, prendendosi tutto il tempo che bisognerà per compire l'azione.

pare che in un momento t'abbia distrutto la pianta: ho strappato: ora taglio, ecco; taglio - taglio - e ora incido - aspetta un poco - e senza che tu ne sappia niente, ti faccio dare il frutto. - Che ho fatto? Ho preso una gemma da un'altra pianta e l'ho innestata qua. - È agosto? - A primavera ventura tu avrai il frutto. - E sai come si chiama quest'innesto?

Laura (*sorride, triste*): Non so.

Filippo: A occhio chiuso. Questo è l'innesto a occhio chiuso, che si fa d'agosto. Perché c'è poi quello a occhio aperto, che si fa di maggio, quando la gemma può subito sbocciare.

Laura (*con infinita tristezza*): Ma la pianta?

Filippo: Ah, la pianta, per sé, bisogna che sia in succhio, signora! Questo, sempre. Ché se non è in succhio, l'innesto non lega!

Laura: In succhio? Non capisco.

Filippo: Eh, sì, in succhio. Vuol dire... come sarebbe?... in amore, ecco! Che voglia... che voglia il frutto che per sé non può dare!

Laura (*interessandosi vivamente*): L'amore di farlo suo, questo frutto? del suo amore?

Filippo: Delle sue radici che debbono nutrirlo; dei suoi rami che debbono portarlo.

Laura: Del suo amore, del suo amore! Senza saper più nulla, senza più nessun ricordo donde quella gemma le sia venuta, la fa sua, la fa del suo amore?

Filippo: Ecco, così! così!

> *Si sente da lontano, a destra, la voce di Zena, che chiama. «Filippo! Filippo!»*

Ah, ecco la Zena col suo figliuolo. Vado ad aprirle!

> *Corre via, tra gli alberi, a destra.*

Laura (*resta assorta; poi si alza, s'appressa alla pianta or ora innestata, e mette il capo fra le sue fronde, ripetendo tra sé, lentamente, con angoscia d'intenso disperato desiderio*): Del suo amore... del suo amore...

SCENA SECONDA

DETTI e la ZENA.

Filippo (*dall'interno*): E vieni avanti! che paura hai?

> *Rientra in iscena per la destra seguito dalla Zena, che veste a modo delle contadine della campagna romana.*

Eccola qua. Si vergogna, scioccona.

Zena: No. Che m'ho da vergognare? Buon giorno, signora.

Laura: Buon giorno.

> *La guarda, forzandosi a dissimulare la disillusione.*

Ah, sei tu la Zena?

Zena: Io, signora, sì. Eccomi qua.

Filippo: Vedi come s'è fatta brutta e vecchia?

Laura: No, perché?

Zena: Siamo poveretti, signora.

Filippo: Quanti anni hai? Non devi averne più di venticinque!

Zena: Tu mi guardi, signora? Eh, tu che non sai, hai forse ragione di meravigliarti. Ma tu, brutto vecchiaccio, che fai il signore qua in villa e sei tutto storto lì, che vuoi mettere? le fatiche tue con le mie?

Filippo: Oh! oh! Gran fatiche, sì!

Zena: E cinque figliuoli, signora, chi li ha fatti? Li ha fatti lui?

Filippo (*accorgendosi soltanto ora*): E come? Sei venuta senza il ragazzo? T'avevo detto di portarlo con te, ché la signora voleva conoscerlo.

Zena: Non l'ho portato, signora.

Laura: Perché non l'hai portato?

Zena: Ma... perché mi lavora il ragazzo, col padre.

Filippo: E non potevi chiamarlo un momento?

Zena: Già, davanti al padre, per dirgli che la signora lo voleva qua?

Filippo: E che c'era di male?

Zena: Dopo le chiacchiere che ci sono state?

Filippo: Ma va' là! Vuoi che tuo marito pensi ancora a quelle chiacchiere?

Zena: Non ci pensa, se qualcuno non ce lo fa pensare. - Ma poi che c'entra il ragazzo qua? - Tu che volevi dal ragazzo, signora? - Noi non n'abbiamo più parlato, da allora.

Laura: Lo so, lo so, Zena. T'ho fatto chiamare perché volevo io, ora, parlare con te. Da sola.

Zena: E di che?

Laura: Tu va', Filippo; va' per le tue faccende.

Filippo: Vado, sì, signora. Ma la Zena, in coscienza - lasciamelo dire per il male che le voglio - la Zena... - io sono vecchio e so tutto, di quando lei era qua coi padroni antichi, che aveva appena sedici anni e il signorino non ne aveva neanche venti - non fu mai lei a parlare!

Zena: Ecco! La verità, signora!

Filippo: Fu la madre, fu la madre.

Zena: Ma nessuno ci pensa più, adesso! Neppure mia madre!

Laura: Lo so, ti dico! Non è per questo, Zena. - Vai, vai Filippo.

Filippo: Ecco, ecco, me ne vado, sì. - Scusami, signora, se ho parlato. Me ne vado.

Via per la sinistra.

SCENA TERZA

LAURA e la ZENA.

Zena (*subito risentita*): È forse venuto qualcuno a mia insaputa, signora, a parlarti di quel ragazzo?

Laura: No, Zena: nessuno, t'assicuro.

Zena: Signora, dimmelo! Perché una parola ebbi allora, quando avrei potuto approfittarmene, se non avessi avuto coscienza - io sola, sai? contro tutti! - e una parola ho anche adesso.

Laura: Ma no, no, non è venuto nessuno - stai tranquilla. È venuto in mente a me. Così. Perché mi sono ricordata che, prima di sposare, mi fu detto che mio marito, qua, in villa, da giovane...

Zena: Ma che vai pensando più, signora!

Laura: Aspetta. Io voglio sapere. Voglio parlare con te, Zena. Siedi, qua, accanto a me.

Indica uno sgabello.

Zena (*sedendo, impacciata*): Ma sai che mi pare tu voglia parlarmi di un altro mondo, ormai, signora?

Laura: Sì, perché tu eri tanto ragazza, allora.

Zena: Oh, una ragazzaccia senza testa! E non ero mica così...

Laura: Me l'immagino. Dovevi esser bella.

Zena: Bruttaccia non ero.

Laura: Ed eri già fidanzata, è vero?

Zena: Sissignora. Con questo che ora è mio marito.

Laura: Ah!

Zena (*con gli occhi bassi, alza un po' le spalle e sospira*): Eh, signora, che vuoi?

Breve pausa.

Laura (*quasi con timidezza*): E lui lo sapeva?

Zena (*impronta, ma senza impudicizia*): Chi? Il signorino?

Laura: Sì; che eri fidanzata?

Zena: Sissignora, come non lo sapeva? Ma era un ragazzo anche lui, il signorino.

Laura: Sì, ma dimmi...

Zena: Signora, sono una poveretta; ma credi che se male feci allora, lo feci soltanto a me, e non volli che ne fosse fatto ad altri senza ragione!

Laura: Ti credo, Zena; lo so. Ma dimmi: ecco, io voglio sapere. «Senza ragione», hai detto. Ne eri proprio, dunque, così sicura tu?

Zena: Di che? Che il ragazzo non era del signorino?

Laura: Ecco, sì. Perché, tu sai, tante volte... avresti potuto tu stessa essere in dubbio.

Zena (*la guarda, sorpresa, scontrosa; poi si alza*): Perché mi fai codesto discorso, signora?

Laura: No. Perché ti turbi? Siedi, siedi...

Zena: No, non seggo più.

Laura: Vorrei saperlo perché... perché sarei... sarei contenta che tu mi dicessi...

Zena (*la guarda, di nuovo, sorpresa, scontrosa*): Che il ragazzo era del signorino?

Laura: Tu non hai nessun dubbio?

Zena (*sèguita a guardarla male, poi, come per richiamarla a sé*): Signora...

Laura (*ansiosa*): Di' di'...

Zena: Tu dovresti esser contenta, mi pare, di quello che ho sempre detto!

Laura: Se ne sei proprio sicura...

Zena (*come sopra*): Bada, signora, che la povertà è cattiva consigliera.

Laura: Ma no: perché io anzi, ora, alla tua coscienza mi rivolgo, Zena!

Zena: La mia coscienza, lasciala stare. Parlò allora, la mia coscienza, e disse quello che doveva dire.

Laura: Proprio la tua coscienza? Ecco, vorrei saper questo! O non forse per timore...

Zena (*ride, quasi con ischerno*): Ma sai che tu mi stai parlando adesso, come mi parlò mia madre, allora, quando s'accorse del signorino? Proprio così mi disse: ragazza... inesperta... se non avevo almeno qualche dubbio... se non negavo per timore...

Laura: Anche tua madre, vedi?

Zena Ma di mia madre lo capisco. Il male me l'ero già fatto, con quell'altro.

Laura: Col tuo fidanzato?

Zena: Sì. E già lo sapeva, lui, il mio fidanzato, che sarei stata madre. Ma tu perché, signora, adesso, dopo nove anni, mi vieni a riparlare di quel ragazzo?

Laura: Perché... perché so, ecco... so che tuo marito pretese molto danaro, allora, per sposarti.

Zena: Ah, per questo? Ma si sa, signora! Non era povero per niente... Mia madre lo mise sù, facendo sapere a tutti del signorino. Non mi voleva più sposare, pur sapendo bene che il figliuolo era suo. C'era da spillar danaro, qua, dai signori; e se ne volle anche lui approfittare. E bada che se ora viene a sapere che a te piacerebbe

la guarda in in modo ambiguo e provocante:

- chi sa perché... - che io avessi ancora qualche dubbio...

Laura: Ah! Tu mi fai pentire d'aver voluto parlare con te a cuore aperto, per uno scrupolo che non puoi neanche intendere!

Zena: E chi sa? forse t'intendo, signora; non ti pentire!

Laura: Che cosa intendi?

Zena: Eh, siamo furbi noi contadini! Vedo che ti piacerebbe che tuo marito avesse avuto un figlio con me. Ebbene, io ti dico questo soltanto: che io contadina, il figlio lo diedi a chi ne era il padre vero. - Ah, eccolo qua, il signorino...

Si trae indietro, a testa bassa.

SCENA QUARTA

GIORGIO e DETTI.

(Laura, appena vede entrare Giorgio, balza in piedi tutta fremente e corre ad aggrapparsi a lui in una crisi di pianto).

Laura: Giorgio! Giorgio! Ah Giorgio mio!

Giorgio (*sorpreso, premuroso, non badando a Zena*): Ebbene? Che cos'è?

Laura: Niente... niente...

Giorgio: Ma tu piangi?

Laura: Niente.. no...

Giorgio: Come no? Che è stato?

Laura: Niente, ti dico... Così! La sorpresa... Non t'aspettavo così presto di ritorno...

Zena: Io me ne vado, signora. Addio, eh?

Laura: Sì, sì, va', puoi andare, Zena!

SCENA QUINTA

LAURA e GIORGIO.

Giorgio (*Sorpreso, addolorato*): Ma come? tu parlavi con... Che forse è venuta a dirti qualche cosa?

Laura (*subito, negando con forza*): No, no! Ma che! Nulla! Non ci pensa più!

Giorgio: E perché è venuta qua, allora?

Laura: No, non è venuta lei; l'ho fatta chiamare io.

Giorgio: Tu? E perché?

Laura: Per un capriccio... per una curiosità...

Giorgio: Hai fatto male, Laura! Non dovevi farlo.

Laura: Ne parlò Filippo... così, per caso... E mi venne desiderio di conoscerla, ecco, e di conoscere anche il ragazzo. Ma non l'ha portato! Come l'ho veduta...

Giorgio: Ti ha detto forse...

Laura: No, niente! Sai pure che negò sempre!

Giorgio: Sfido! Volevano fare un ricatto!

Laura: Lei, no! La madre. Me lo disse, difatti.

Giorgio: Ma tu perché, allora, hai pianto?

Laura: Non per lei! non per lei! È stato... te l'ho detto... non so perché, appena t'ho visto all'improvviso... È per quello che io sento, Giorgio... E vedi che rido, ora, poiché tu sei qua di nuovo, con me...

Giorgio: Hai pur detto tu stessa che non m'aspettavi così presto di ritorno...

Laura: Sì, è vero. Ma ho tanto sofferto, sai? a restar sola! Ho bisogno di te, tanto! Che tu mi tenga così, stretta così, senza più staccarti da me, mai, mai!

Giorgio: Ma io sono andato per te, Laura mia...

Laura: Lo so, sì, è vero!

Giorgio: Vedi come sono fredde queste tue manine? T'ho portato da ricoprirti bene. Siamo scappati qua tutt'a un tratto. È volato più di un mese. È venuto il freddo...

Laura: Ma staremo qua ancora! Sarà più bello, ora, qua, soli soli... Tu non hai paura del freddo, è vero?

Giorgio: No, cara.

Laura: Non devi aver paura con me...

Giorgio: Ma io ho avuto paura di te, cara!

Laura: Non dirmi «cara» così!

Giorgio: Come vuoi che ti dica?

Laura: Laura... come sai dirlo tu.

Giorgio: Ebbene, Laura...

Laura: Così! Mi piace guardarti le labbra quando stacchi le sillabe.

Giorgio: Perché? Come le stacco?

Laura: Non so... Così...

Giorgio: Laura mia...

Laura: Tua, tua, sì! Ah, non puoi immaginarti come, ora! E pure vorrei ancora di più! Ma non so come!

Giorgio: Ancora di più?

Laura: Sì, ancora più tua - ma non è possibile! Tu lo sai, è vero? lo sai che di più non è possibile?

Giorgio: Sì, Laura.

Laura: Lo sai? Di più, si morirebbe. Eppure ne vorrei morire.

Giorgio: No! Che dici?

Laura: Per me dico; per non esser più io... non so, una cosa che senta ancora minimamente di vivere per sé... ma una cosa tua, che tu possa fare più tua, tutta del tuo amore, del tuo amore, intendi? tutta in te, così, del tuo amore, come sono!

Giorgio: Sì, sì, come sei! come sei!

Laura: Tu lo senti, è vero? lo senti che sono così tutta del tuo amore? e che non ho per me più niente, niente, né un pensiero, né un ricordo per me, di nulla più... tutta, assolutamente tua, per te, del tuo amore?

Giorgio: Sì, sì!

Laura, che ha proferito le parole precedenti con la più immedesimata intensità, che è quasi il succhio della pianta di cui le ha parlato il giardiniere, si fa pallidissima, sorridendo di un sorriso che vanisce nella beatitudine di un deliquio, e gli appoggia la fronte sul petto.

Laura!

Laura: Ah?

Giorgio: Oh Dio! Laura! Che hai?

Laura: Nulla... nulla...

Sorride, levando il volto.

Vedi? Nulla.

Giorgio: Ma ti sei fatta pallida!

Laura: No; non è niente.

Giorgio: Sei tutta fredda! Siedi, siedi!

Laura: Ma no... Non mi dare ajuto... Tu non capisci...

Giorgio: Che cosa?

Laura: Che è così... che è così.

Giorgio: Che cosa è così?

Laura: Che io sono tutta del tuo amore - così!

Giorgio: Ma sì, siedi... siedi qua...

Laura: L'ho toccata qua sul tuo petto... per un attimo, congiunta...

Giorgio: Che cosa?

Laura: Sì, col tuo amore e col mio, congiunta, sul tuo petto per un attimo - la vita.

Giorgio: Ma che dici?

Laura (*ha un brivido violento che la scuote tutta e di nuovo la costringe ad aggrapparsi a lui*): Oh Dio!

Giorgio (*sorreggendola*): Ma tu ti fai male! Che hai?... Che hai?...

Laura: Niente. Un po' di freddo. Un po' di smarrimento.

Giorgio: È troppo, vedi! Ti sei troppo...

Laura (*subito, con ardore quasi eroico*): Sì, ma voglio così!

Giorgio: No, così è male! No.

Le prende il volto fra le mani.

Tu sei il mio amore; ma io non voglio, non voglio che tu ne abbia male!

Laura (*bevendo la dolcezza delle parole di lui*): No?

Giorgio: No, non voglio! Vedi? I tuoi occhi...

S'interrompe vedendosi guardato in un modo che gli fa perdere la voce.

Laura (*seguitando a guardarlo, quasi provocante*): Di'... parla, parla...

Giorgio (*ebbro*): Dio mio, Laura...

Laura (*ridendo, gaia*): I miei occhi? Ma guarda, guarda... Non vedi che ci sei tu?

Giorgio: Lo vedo. Ma tu ridi...

Laura: No, no, non rido più!

Giorgio: È per te, bada!

Laura: Sì. Basta. Siamo buoni, ora! Siedi, siedi qua anche tu: ti faccio posto!

Nella sedia a sdraio.

Giorgio: No, siedo qua allora!

Indica lo sgabello.

Laura (*si alza dalla sedia a sdrajo*): No, qua... e io, così.

Gli siede sulle ginocchia.

Giorgio: Sì, sì.

Laura: No, buoni! Di', sei passato dalla mamma?

Giorgio: Sì, ma non l'ho trovata.

Laura: Non hai veduto neanche Giulietta?

Giorgio: Era uscita con la mamma.

Laura: E non t'hanno detto nulla a casa?

Giorgio: No, nulla. Perché?

Laura: Perché ho telefonato di qua alla mamma.

Giorgio: Tu? Stamattina?

Laura: Sì.

Giorgio: Per me? Volevi forse qualche cosa?

Laura: No. Mi sono sentita un po' male.

Giorgio: Ah sì? Quando?

Laura: Poco dopo che sei andato via tu. Quando mi sono levata. Ma nulla, sai? È passato!

Giorgio: Che ti sei sentita?

Laura: Nulla, ti dico. Non so. Mi son sentita mancare, appena mi sono alzata. Un momento, sai? Ecco, come dianzi!

Giorgio: E hai telefonato alla mamma per il medico?

Laura: No? Che medico! Per te. Per dire a te che tornassi presto. La mamma mi rispose che avrebbe fatto venire il dottor Romeri con te.

Giorgio: Ma non m'ha detto niente nessuno!

Laura: Meglio così! È stata una pensata della mamma. Io mi sono opposta. Le ho ripetuto dieci volte che non ce n'era bisogno! Ma sai com'è la mamma? Ho paura che ce la vedremo spuntare da un momento all'altro, qua, col dottor Romeri.

Giorgio: E sarà bene! Così vedrà...

Laura: Ma no! Che vuoi che veda! Io avevo bisogno che tornassi tu presto! Sei tornato. Basta.

Giorgio: Ma forse il medico...

Laura: Che vuoi che mi faccia il medico? Bada: se viene, non mi faccio neanche vedere!

Giorgio: Ma perché?

Laura: Perché no! Non mi faccio vedere. O se no, guarda: gli parlo così

Eseguendo:

con la faccia nascosta sotto la tua giacca. E gli dico...

Giorgio (*sorridendo*): Che è per causa mia?

Laura (*dopo una pausa, in ascolto sul petto di lui*): Aspetta!

Giorgio: Che fai?

Laura: Un battito forte, lento; un battito piccolo piccolo, lesto, esile...

Giorgio: Che dici?

Laura: Il cuore e l'orologio!

Giorgio: Bella scoperta!

Laura: Possibile che misurino lo stesso tempo? Il mio cuore batte certo più del tuo! Oh! Dio, no! Che brutto cuore!

Giorgio (*ridendo*): Brutto? Perché?

Laura: Non te l'avevo mai sentito battere, il cuore! Ma sai come ti batte placido, forte, lento...

Giorgio: E come vuoi che batta?

Laura: Come? Se io sapessi che tu ascolti il mio, sarebbe un precipizio! Mentre il tuo, niente: non si commuove!

Giorgio: Sfido! Parli del medico che non vuoi vedere...

Laura: No; invece parlavo del medico a cui volevo accusarti!

Giorgio: Già! Ma con la faccia nascosta! Perché tu sai bene che non sono io!

Non ha finito di proferir queste parole, che si turba vivamente, come se esse, rispetto al male di cui Laura soffre, d'improvviso abbiano acquistato un valore davanti a lui, altro da quello che egli intendeva dar loro.

Laura: Non sei tu? Come non sei tu?

Giorgio (*con sempre crescente turbamento*): No, io...

Laura (*levandosi dalle ginocchia di lui*): Giorgio, che pensi?

Giorgio (*con sempre crescente turbamento, alzandosi*): Oh Dio, nulla...

Poi, cupo:

Tu credi che il dottor Romeri debba venire?

Laura: Non so... Ma perché?

Giorgio: Perché è bene che venga! Voglio che venga!

Laura: Ma, Dio mio, Giorgio, io ho scherzato...

Giorgio: Lo so, lo so!

Laura: Vuoi che possa accusarti, se non per ischerzo?

Giorgio: Ma no, Laura: non è per questo!

Laura: E che cos'è allora?

Giorgio: Ma... se tu stai male...

Laura: No! no! io non ho niente! io ho te! Ecco: te - e non ho niente altro, che non mi venga da te! - Se godo, se soffro, se muojo - sei tu! Perché io sono tutta così, come tu mi vuoi, come io mi voglio, tua. E basta! Tu lo vedi, tu lo sai!

Giorgio: Sì, sì...

Laura: E dunque - basta! Che male vuoi che abbia?

Si sente di nuovo vacillare.

Dio... vedi?

Giorgio: Di nuovo?

Laura: No... È un po' di stanchezza... Sorreggimi...

SCENA SESTA

DETTI, FILIPPO, poi la SIGNORA FRANCESCA, infine ROMERI.

Filippo (*di corsa, da destra*): Signora! signora! Viene la mamma con un altro signore!

Via.

Giorgio: Ah! Ecco il medico.

Laura: No, no! Giorgio! non voglio vederlo!

Giorgio: E io voglio invece che tu lo veda!

Si avvia verso il fondo per andare incontro al dottore.

Laura: No... no... Vai, vai. Portalo su in villa, di là! Io non mi faccio vedere.

Francesca (*entrando*): Buon giorno, Giorgio.

Giorgio (*per uscire in fretta*): Buon giorno. Il dottore?

Francesca: Eccolo!

Laura: No, per carità! Di là, Giorgio! Pòrtatelo via di là!

Giorgio via.

33

SCENA SETTIMA

LAURA e FRANCESCA.

Francesca (*stordita*): Ma che cos'è?

Laura (*eccitata*): Ah! non dovevi, mamma, non dovevi!

Francesca: Che cosa?

Laura: Portare quel medico! Hai fatto male, male! Un male incalcolabile, mamma!

Francesca: Ma perché? Mi hai telefonato, che t'eri sentita male...

Laura: Io non ho nulla! non ho nulla!

Francesca: Bene! tanto meglio!

Laura: Ma che meglio! Che vuoi che intenda, che sappia, che rimedio vuoi che abbia, un medico, per quello che io sento, per quello che io soffro, e che non voglio, non voglio, capisci? che sia un male, e che con la presenza di quel medico che hai portato acquisti per lui un'immagine di male! Ancora di quel male che mi fu fatto!

Francesca: Non vuoi? Ma che forse...? Che dici, Laura? Oh Dio... Che forse, tu?

Laura (*convulsa, afferrando la madre*): Sì sì, mamma! Sì!

Francesca: Ah, Dio! E lui? tuo marito? lo sa?

Laura: Ma è appunto questo il male che tu hai fatto, mamma!

Francesca: Io?

Laura: Sì! Ch'egli lo sappia, che egli lo pensi ora, come un male a cui si possa portar rimedio: un rimedio più odioso del male.

Francesca: Ma se dici che è...

Laura: Non è! non è! E io lo so bene che non è! Lo sento!

Francesca: Come? Che senti? Io ho paura che tu, figliuola mia, sia troppo esaltata e che...

Laura: Ti pare che vaneggi? No! Non posso spiegartelo con la ragione, ma l'ho saputo, qua, ora, mamma, che è così! E non può essere che così!

Francesca: Che cosa, figlia mia? Io non ti capisco!

Laura: Questo! Questo ch'io sento. La ragione non lo sa; forse non può ammetterlo. Ma lo sa la natura, che è così! Il corpo, lo sa! Una pianta - qua, una di queste piante! Sa che non potrebbe essere senza che ci sia amore! Me lo hanno spiegato or ora. Neanche una pianta potrebbe, se non è in amore! Vedi com'è? Non sono esaltata! No, mamma. Io so questo: che in me, in questo mio povero corpo - quando fu - in questa mia povera carne straziata, mamma, doveva esserci amore. E per chi?

Se amore c'era, non poteva essere che per lui, per mio marito.

Con gesto di vittoria, quasi allegra:

E allora!

Francesca: Che dici? Ah, questo è un nuovo martirio, figliuola mia! Ne sei certa? proprio certa?

Laura: Sì. Ma è così! è così! È per forza così!

Francesca: Ma lui, dimmi un po', tuo marito, lo sa?

Laura: Credo che già lo sappia. Ma ora, là, con quel medico... Ah! proprio questo, vedi, non doveva avvenire! Che egli lo sapesse così!

Francesca: Ma se già lo sa, figlia mia!

Laura: Volevo che sentisse anche lui, naturalmente, quello che io sento! E che s'unisse a me, s'immedesimasse in me, fino a sentirlo, ecco, e volerlo in me, con me, quello che io sento e voglio!

Francesca: Oh Dio! Ho paura, figliuola mia, che...

Laura (*subito, interrompendo*): Zitta!... Eccoli... Andiamo, andiamo su!

Si trascina via la madre.

Non voglio farmi vedere, non voglio farmi vedere!

Giorgio (*chiamando dal fondo*): Laura... Laura...

Laura: No, Giorgio! T'ho detto no! Vieni, mamma!

Via con la madre.

SCENA OTTAVA

GIORGIO e il DOTTOR ROMERI.

Giorgio: Venga, dottore.

Romeri: Eccomi, eccomi.

Giorgio (*seguitando con calma grave e contenuta il suo discorso col dottore*): Mi piegai allora; mi vinsi, come dovevo. Era una sciagura! Forse anche a lei, dottore, la mia violenza -

Romeri (*interrompendo*): - no; io per me -

Giorgio: - se non a lei, poté parer troppa ad altri, che non erano in grado di sentire in quel punto come me.

Romeri: Ciascuno sente a suo modo!

Giorgio: Ma fu, del resto, in quello stesso primo momento una violenza anche per me. Tanto vero, che appena la vidi, dottore, appena ella mi venne davanti, la mia violenza cadde di colpo, e io la raccolsi tra le braccia, non per dovere di pietà, no, ma perché dovevo, dovevo per il mio stesso amore fare così. E le giuro che non ci ho più pensato, nemmeno una volta. Siamo stati un mese qua, insieme, come due nuovi sposi.

Cambiando tono ed espressione.

Ma ora, ora, dottore, se è vero questo...

Romeri: Eh, comprendo...

Giorgio: Passar sopra a uno scempio, sì, l'ho fatto. Ma oltre, no!

Romeri: Speriamo ancora che non sia!

Giorgio: Non lo so. Ma lo temo! Se fosse... lei mi comprende?

Romeri: Comprendo, comprendo!

Giorgio: E allora vada, la prego. E glielo dica, se mai:

lento, spiccato, quasi sillabando:

io non potrei transigere. Vada. Aspetto qua.

Tela

ATTO TERZO

Una sala della villa. Uscio in fondo. Uscio laterale a destra. Finestra a sinistra. Immediatamente dopo il secondo atto.

SCENA PRIMA

Il DOTTOR ROMERI, *la* SIGNORA FRANCESCA.

Al levarsi della tela il dottor Romeri è solo, presso l'uscio a destra in attesa. Poco dopo, l'uscio s'apre ed entra la signora Francesca.

Francesca: Non vuole! dice che non vuole, dottore: assolutamente!

Romeri: Ma sa che il marito lo desidera?

Francesca: Gliel'ho detto. Se n'è irritata di più.

Romeri: Ma perché?

Francesca: Anche con me stamattina, del resto, quando le dissi per telefono che avrei portato lei qua in villa.

Romeri: È curioso!

Francesca: Dice che non ce n'è bisogno.

Romeri (*con lieta sorpresa, come alleggerito da un gran peso*): Ah! Non ce n'è bisogno?

Francesca: E pare che lo abbia detto giù anche a Giorgio...

Romeri: Ma tanto meglio, allora! Avvertiamone subito suo genero che sta in pensiero!

Fa per avviarsi.

Francesca: Aspetti, dottore! Sta in pensiero Giorgio? Di che?

Romeri: Ma... Lei lo comprende, signora!

Francesca: Eh, se è per questo, temo purtroppo che non ci possa esser dubbio.

Romeri (*stordito, senza più raccapezzarsi*): Ah sì? E come?

Francesca: Sì, dottore.

Romeri: Ma allora?

Francesca: S'è dunque affacciato a Giorgio il sospetto che...?

Romeri: Dio mio, sì, signora!

Francesca: Ma perché il sospetto?

Romeri: Perché... perché, signora mia, può affacciarsi anche a lei... anche a me... a tutti...

Francesca: Ma no, scusi: non c'è poi mica da stabilire una certezza!

Romeri: Basta il dubbio, signora!

Francesca: E se mia figlia non ne avesse?

Romeri: Dica che non vorrebbe averne!

Francesca: Precisamente. Non vuole, non vuole averne!

Romeri: Eh! se si trattasse soltanto di volontà...

Francesca: Ma dunque anche lei crede, dottore...?

Romeri: Lasci star me. Sua figlia dovrebbe ispirare al marito la sua stessa certezza. Pare non ci sia riuscita. Il solo fatto, scusi, che gli ha nascosto finora il suo stato, dimostra, del resto - mi sembra - che quel sospetto si sia affacciato anche a lei.

Francesca: No! Non ha nascosto niente! Il dubbio sul suo stato data da questa mattina soltanto!

Romeri: E perché s'oppone allora, così, al desiderio del marito?

Francesca: Ma perché per lei è naturale!

Romeri: E vorrebbe che apparisse naturale anche a lui?

Francesca: Ecco: proprio così!

Romeri: Temo, signora, che la sua figliuola pretenda troppo.

Francesca: No, non pretende, non pretende! È che non può ammettere...

Romeri: Non vorrebbe, capisco.

Francesca: E non le sembra naturale che non voglia? Le ripugna ammetterlo!

Romeri: Capisco. Ma capisca anche lei, signora, che allo stesso modo ripugna al marito il dubbio, anche il più lontano. Tanto più che, lei lo sa, è avvalorato, questo dubbio, dal fatto che in sette anni di matrimonio non ha avuto figliuoli.

Francesca: Si, è vero! Dio mio! Dio mio!

Romeri: Bisognerebbe che ella si provasse a farlo intendere alla sua figliuola.

Francesca: Io?

Romeri: Suo genero mi ha detto già esplicitamente, che su questo punto non potrebbe transigere, a nessun patto.

Francesca: Ma, e lei, dottore?

Romeri: Io... Sa lei, signora, che sono stato medico militare e che mi sono dimesso?

Francesca: Si, lo so.

Romeri: Sa perché mi sono dimesso?

Francesca: No.

Romeri: Perché alla nostra professione son fatti doveri, a cui non si fanno corrispondere uguali diritti.

Francesca: E che intende dire, dottore?

Romeri: Intendo dire, signora, che mi trovai una volta - e mi bastò - davanti a un caso, in cui l'esercizio del mio dovere sentii che diventava addirittura mostruoso.

Francesca: Ma sì, sarebbe difatti mostruoso!

Romeri: No, signora, lei non intende in qual senso io lo dica. È proprio il contrario. Un soldato, in caserma - sono ormai tant'anni - in un accesso di furore, sparò contro un suo superiore; poi rivolse l'arma contro se stesso per uccidersi anche lui. Rimase ferito mortalmente. Ebbene, signora: di fronte a un caso come questo, nessuno pensa al medico a cui è fatto obbligo di curare, di salvare - se può - quel ferito; come se il medico fosse soltanto uno strumento della scienza e nient'altro; come se il medico non avesse poi per se stesso, come uomo, una coscienza per giudicare se - ad esempio - contro al dovere che gli è imposto di salvare, egli non abbia diritto di non farlo, o il diritto almeno di disporre poi della vita che egli ha restituito a un uomo che se l'era tolta per punirsi da sé con la maggiore delle punizioni: uccidendosi! Nossignori! il medico ha il dovere di salvare, contro la volontà patente, recisa, di quell'uomo. E poi? quando io gli ho restituita la vita? perché gliel'ho restituita? Per farlo uccidere, a freddo da chi ha imposto a me un dovere che diventa infame, negandomi ogni diritto di coscienza sull'opera mia stessa! Questo, signora, per dirle che io ho riconosciuto sempre, e voglio riconoscere, nel casi della mia professione, di fronte ai doveri che mi sono imposti, anche diritti che la mia coscienza reclama.

Francesca: E allora lei si presterebbe...?

Romeri: Sì, signora: senza la minima esitazione. Dato il caso - s'intende - che la signora volesse consentire.

SCENA SECONDA

DETTI e GIORGIO

Giorgio s'è presentato sull'uscio della sala durante le ultime battute del dialogo ed e stato in ascolto.

Giorgio (*facendosi avanti*): E che non vorrebbe forse consentire?

Francesca: No, no! Non sappiamo ancora, Giorgio!

Giorgio: Ma dunque è sicuro?

Romeri: Pare di sì.

Giorgio: Come, e lei?

Allude a Laura.

Romeri: Non l'ho ancora veduta.

Francesca (*per calmarlo, quasi supplichevole*): Forse Laura crede...

Giorgio (*subito, interrompendola*): Crede? Che crede? Se è sicura, come può ancora esitare? Io lo esigo!

Romeri (*scrollandosi, seccato, anzi sdegnato*): Ma no, scusi!

Giorgio (*con forza, duramente*): Sì, lo esigo! Lo esigo!

Romeri (*fiero, reciso*): Lei non può esigerlo così!

Giorgio: Come no? Posso ammettere che Laura esiti?

Romeri: Ma deve dirlo lei, spontaneamente. Non mi presterei io, né si presterebbe nessuno, altrimenti!

Giorgio: Ma il mio stupore è questo, che lei non l'abbia già chiesto, non lo chieda subito!

Francesca: Non è mica una cosa da nulla per una donna, Giorgio! A te basta esigerlo!

Giorgio: Come! Ma per se stessa, io dico, dovrebbe chiederlo subito, a qualunque costo! Dovrebbe esser nulla per lei, di fronte all'orrore d'un simile fatto! Ma come? Crederebbe forse che io potrei sorpassare ancora, cedere, chiudere gli occhi, accettare? Ah! perdio! Ma dov'è? Dov'è?

Smaniando, fa per andare nella camera di Laura.

Francesca (*cercando d'impedirglielo*): No, per carità, Giorgio!

Romeri (*forte, con fermezza*): Non così! Non così!

Giorgio (*alludendo a Laura*): Che dice? Posso sapere almeno che cosa dice? O vorrebbe forse darmi a intendere che il suo amore...

<h2 align="center">SCENA TERZA</h2>

LAURA e DETTI.

Laura (*entrando dall'uscio a destra*): Che il mio amore... -?

Al suo apparire, alle sue parole restano tutti sospesi, interdetti.

40

Di', di'! Finisci!

Giorgio: Laura, io ho bisogno di saper subito che tu non ti opponi.

Laura: A che cosa?

Francesca (*cercando d'interporsi*): Ma se non sa ancor nulla! Non le abbiamo ancora parlato!

Giorgio: Lasciatemi allora spiegare con lei, vi prego!

Laura: Sì, è meglio!

Giorgio: Attenda un po' di là, dottore.

Laura (*subito, severamente*): E anche tu, mamma!

> *La signora Francesca e il dottor Romeri si ritirano per l'uscio in fondo.*

SCENA QUARTA

LAURA e GIORGIO.

Laura: Parlavi del mio amore, così, davanti -

Giorgio (*subito, compiendo la frase*): - davanti a tua madre e al dottore!

Laura: Anche la madre, in questo caso, diventa un'estranea. Non dico quell'altro. Avevi l'aria di buttarmelo in faccia!

Giorgio: Ma sì, perché non credo, non voglio credere, che tu ora possa, o voglia avvalertene!

Laura: Dio! Giorgio, ma guardami! Tu non puoi più guardarmi?

Giorgio: No! Se è vero questo, no! che tu possa pensare... Io voglio sapere - e subito, subito, senza tante parole - quello che tu vuoi fare!

Laura: Che debbo fare? Dipende da te, Giorgio. Dal tuo animo.

Giorgio: Come! E tu hai bisogno che te lo dica io, qual è il mio animo? Quale può essere? Non lo comprendi? Non lo vedi? Non lo senti?

Laura: Sento che tu mi sei tutt'a un tratto nemico. Come... come se io...

Giorgio: Dunque tu dici di no?

Laura (*abbattendosi a sedere, disperatamente, dice quasi tra sé*): Ah Dio! ah Dio! Non è valso dunque a nulla?

Giorgio (*la guarda, come sbalordito, un pezzo; poi*): Che cosa non è valso? Che dici? Voglio che tu mi risponda!

Laura: Tu dunque ricordi solo una cosa? E dimentichi tutto?

Giorgio: Ma che vuoi che pensi io in questo momento?

Laura: Non puoi neanche pensare che per me è proprio tutto il contrario?

Giorgio: Il contrario? che cosa?

Laura (*come assorta lontano, trucemente, con lentezza*): Ch'io non ho memoria, né immagine: nulla! io non vidi! io non seppi nulla! Nulla, capisci?

Giorgio: Sta bene. E poi?

Laura: E poi...

S'interrompe in un silenzio opaco. Poi dice:

 Niente. Se hai perduto tu, invece, la memoria di tutto.

Giorgio: Ah, del tuo amore, è vero? Ma è proprio così, dunque? Tu m'hai circondato del tuo amore, tu mi hai avviluppato nelle tue carezze, sperando ch'io credessi?

Laura (*con un grido*): No!

Poi con nausea:

Ah!

Giorgio: E allora?

Laura: Non ho ragionato, io: io ho amato: io sono quasi morta d'amore per te; mi sono fatta tua come nessuna donna mai al mondo è stata d'un uomo; e tu lo sai; tu non hai certo potuto non sentirlo questo, che ho voluto averti tutto in me; che mi sono voluta tutta di te...

Giorgio: E con questo? con questo?

Laura (*gridando*): Non ho ragionato, ti dico!

Giorgio: Ma che hai sperato?

Laura: Ma d'aver cancellato... d'aver distrutto...

Giorgio: Che cosa? Come?

Laura: Niente.

Alzandosi:

Tu hai ragione. È stata la mia follia.

Giorgio: Ma sì, una follia! Tu lo vedi bene!

Laura: Sì. E ne esco, ecco. Ne sono già uscita. Ma bada! Tu non puoi più parlarmi, ora, come si parla a una folle!

Giorgio: Ma io voglio appunto che tu ragioni, Laura!

Laura (*freddissimamente*): E poi?

Giorgio: Ma che si faccia - purtroppo -

Laura: Solo per un ragionamento, è vero? e dopo che m'hai buttato in faccia con disprezzo, con orrore, tutto ciò che t'ho dato di me? e che tu hai potuto stimare un calcolo vile... un laido inganno... un espediente...

Giorgio: No, no, Laura! Ma se l'hai chiamata tu stessa una follia?

Laura: Ah, una follia, sì! E sperai che t'avesse sollevato con me nell'ardore di essa, qua, in mezzo alle piante che pure la sanno, questa mia stessa follia! O che tu almeno me lo chiedessi, come si chiede a una povera folle un sacrifizio che essa non sa... della sua stessa vita... e chi sa! avresti forse ottenuto quello che volevi. Perché non puoi credere ch'io volessi salvare in me chi ancora non sento e non conosco. Io l'amore volevo salvare! cancellare una sventura brutale, non brutalmente come tu vorresti...

Giorgio: Ma come? come, in nome di Dio?

Laura: Posso dirti come, se tu non l'intendi?

Giorgio: Accettando la tua follia?

Laura (*con un grido di tutta l'anima*): Sì! Tutta me stessa! Perché tu vedessi tutta me stessa tua, nel figlio tuo: tuo perché di tutto il mio amore per te! Ecco, questo! questo volevo!

Giorgio (*ritraendosi, quasi inorridito*): Ah, no!

Laura: Non è possibile: lo vedo.

Giorgio: Come vuoi ch'io possa accettare?

Laura: E lascia allora che accetti io, invece, la mia sventura.

Giorgio: Tu?

Laura: Io sola, sì, tutta intera la mia sventura.

Giorgio: Ah, dunque è detto? Tu ti rifiuti?

Laura: Perché lo farei, se dopo tutto quello che ho dato di me, non sono riuscita a cancellarla?

Giorgio: Ah, no perdio! Tu non puoi! tu non devi!

Laura: Perché non posso?

Martellato.

Giorgio: Dopo quello che hai fatto?

Laura: Che ho fatto?

Giorgio: Dopo quello che hai voluto?

Laura: Che ho voluto?

Giorgio (con ferocia): Il mio amore, "dopo"!

Laura (*con disprezzo*): Per nascondere, è vero?

Giorgio: Ma sai che c'è di mezzo il mio nome?

Laura: Ah, non temere. Avrò il coraggio che ebbe la Zena. Peccato ch'io non possa darlo - dopo l'inganno - al suo padre vero!

Giorgio: Ma tu volevi darlo a me! E non è questo un inganno?

Laura: Chiamalo inganno! Io so che era amore!

Giorgio: Ti dico che tu non puoi!

Laura: E che vorresti? Con la violenza?

Si fa all'uscio in fondo, e chiama:

Mamma! Mamma!

Giorgio (*inveendo*): Anche con la violenza, sì!

Accorrono dall'uscio in fondo in grande agitazione la signora Francesca e il dottor Romeri.

SCENA QUINTA

DETTI, la SIGNORA FRANCESCA, il DOTTOR ROMERI.

Francesca: Laura! Che cos'è?

Giorgio (*al Romeri che lo trattiene*): Dottore, le dica che essendo mia moglie...

Laura: Non sono più tua moglie! Mamma, io vengo con te!

Giorgio: Ma non basta che tu te ne vada!

Laura (*fieramente*): Perché? Che ho io di te?

Giorgio casca a sedere, come schiantato. Lunghissima pausa.

Mamma, possiamo andare!

S'avvia con la madre.

Giorgio (balzando in piedi, con un grido d'esasperazione e di disperazione): No... Laura... Laura...

Proferirà così due volte il nome di lei con due diversi sentimenti: d'angoscioso sgomento, prima, poi d'implorazione quasi irosa. Laura s'arresta. Lo guarda. Pausa. Giorgio si copre il volto con le mani e rompe in singhiozzi.

Laura (*accorrendo a lui*): Giorgio, tu mi credi?

Giorgio: Non posso! Ma non voglio perdere il tuo amore!

Laura (*con impeto di passione*): Ma a questo solo tu devi credere!

Giorgio: Come credere? A che?

Laura (*come sopra*): Ma a ciò che io ho voluto, con tutta me stessa, per te, e che devi volere anche tu! È mai possibile che tu non ci creda?

Lo abbraccia, lo scuote.

 Giorgio: Sì, sì... Nel tuo amore, credo.

Laura (*quasi delirando*): E dunque, che vuoi di più, se credi nel mio amore? In me non c'è altro! Sei tu in me, e non c'è altro! Non c'è più altro! Non senti?

Giorgio: Sì, sì...

Laura (*raggiante, felice*): Ah, ecco! Il mio amore! Ha vinto! Ha vinto! Il mio amore!

Tela